Guía para jóvenes sobre el gobierno

DESCUBRE TUS DERECHOS CIVILES

por Emma Carlson Berne

Consultora: Margo Schlanger
Directora del Centro de Información de Litigios de Derechos Civiles
Facultad de Derecho de la Universidad de Michigan

CAPSTONE PRESS
a capstone imprint

Serie Fact Finders Books publicada por Capstone Press
1710 Roe Crest Drive, North Mankato, Minnesota 56003
www.capstonepub.com

Los datos de CIP (Catalogación previa a la publicación, CIP) de la Biblioteca del Congreso se encuentran disponibles en el sitio web de la Biblioteca.

ISBN 978-1-4966-5725-1 (library binding)
ISBN 978-1-4966-5729-9 (eBook PDF)

Créditos editoriales
Michelle Hasselius, editor; Mackenzie Lopez, designer;
Jo Miller, media researcher; Kathy McColley, production specialist
Traducido a la lengua española por Aparicio Publishing

Fotografías gentileza de:
AP Images, 11; Getty Images: Archive Photos/Robert Abbott Sengstacke/Contributor, 19, Bettmann/Contributor, 15, 21, The LIFE Images Collection/Carl Iwasaki, 13; Newscom: Icon SMI/Chris Keane, 5, Sipa USA USA/Hahn Lionel, 17, White House via CNP/Pete Souza, 12; Shutterstock: ciud, 22, elenabsl, 6-7, hvostik, 24, Kdonmuang, 28, Mascha Tace, 27, Monkey Business Images, 25, Rob Marmion, cover, Ste studio, 23, Steven Frame, 14, stock_ photo_world, 26

Elementos de diseño
Capstone

Impreso y encuadernado en China.
002489

CONTENIDO

Capítulo 1

Los derechos civiles significan igualdad de derechos

"Nunca imaginé que me tratarían tan mal por ser quien soy."

—Coral Avilés

En 2010, una estudiante de 13 años de edad, llamada Coral Avilés, fue a la escuela con la playera del equipo de fútbol de México. Quería apoyar a ese país en la Copa Mundial, una competencia internacional de fútbol. Coral contó que una maestra le preguntó si era mexicana. Cuando respondió que sí, la maestra le preguntó, frente a toda la clase, por qué estaba en Estados Unidos.

La estudiante de escuela secundaria habló con la directora sobre lo que había pasado. La directora retiró a Coral de la clase durante el resto del año escolar.

La joven cree que fue **discriminada** debido a su grupo étnico. Con la ayuda del Fondo México-Americano de Educación y Defensa Legal (MALDEF, por sus siglas en inglés), Coral y su madre presentaron una demanda judicial contra el distrito escolar. Sus abogados planean demostrar que la escuela y la maestra **violaron** los derechos civiles de la niña.

Los simpatizantes alentaron a México durante la Copa Mundial el 24 de marzo de 2010.

discriminar: tratar a una persona o un grupo de manera injusta, generalmente por su grupo étnico, religión, género, preferencia sexual o edad
violar: no respetar una regla o un derecho

¿Qué son los derechos civiles?

Los derechos civiles son los derechos que tienen todas las personas a ser tratadas por igual ante la ley. Estos derechos las protegen de la discriminación por motivo de género, grupo étnico, religión, edad, discapacidad o nacionalidad. Una de las funciones más importantes de nuestro gobierno es proteger los derechos de sus ciudadanos. Los representantes elegidos crean leyes que establecen derechos civiles para todos los estadounidenses.

DATO

El término "derechos civiles" proviene del latín *ius civis*, que significa "derechos de un ciudadano".

El sistema judicial y los derechos civiles

Las violaciones de los derechos civiles suelen presentarse ante el sistema judicial para su revisión. Una persona o un grupo pueden **demandar** a un organismo del gobierno, una empresa o una escuela por un problema relacionado con los derechos civiles. Los jueces pueden ordenar a esas organizaciones que cambien sus políticas si es que no respetan la ley.

DATO

La Asociación Nacional para el Progreso de las Personas de Color (NAACP, por sus siglas en inglés) es una organización que se dedica a proteger los derechos civiles de una persona o un grupo y a eliminar la discriminación racial. La NAACP es la organización de derechos civiles más antigua e importante del país. Fue fundada en 1909.

demandar: presentar ante un tribunal de justicia una denuncia o un caso contra alguien

Capítulo 2

La 14.ª Enmienda: La superestrella de los derechos civiles

La 14.ª Enmienda de la Constitución de EE. UU. garantiza a los habitantes de este país el derecho a ser tratados de forma equitativa y justa. Establece que el gobierno no puede aprobar leyes que discriminen o traten injustamente a las personas. El gobierno debe proteger los derechos de todos los habitantes de este país.

Entonces, ¿cuál es el problema? A pesar de esta enmienda, hay grupos de personas que no han recibido un trato equitativo en Estados Unidos. Los habitantes han tenido que luchar por sus derechos civiles en distintos momentos de la historia del país. Algunos lo siguen haciendo hoy en día.

Algunos acontecimientos importantes para los derechos civiles en Estados Unidos de Norteamérica

1954

La Suprema Corte establece que no puede haber **segregación** en las escuelas, en el caso Brown contra la Junta de Educación de Topeka.

1955

La afroamericana Rosa Parks se niega a ceder su asiento a un hombre blanco en un autobús de Montgomery, Alabama. Parks es arrestada. El día de su juicio, los afroamericanos comienzan un boicot a los autobuses en Montgomery.

1963

En Birmingham, Alabama, Martin Luther King Jr. y la Conferencia Sur de Liderazgo Cristiano (SCLC, por sus siglas en inglés) organizan **protestas** por los derechos civiles de los afroamericanos. Un cuarto de millón de personas se unen a la Marcha sobre Washington, donde King da su discurso "Tengo un sueño".

1969

La policía hace una redada en un bar de homosexuales llamado Stonewall Inn en la ciudad de Nueva York. Estalla la violencia y las personas se amotinan. La policía golpea y arresta a hombres y mujeres homosexuales. Se considera que esta redada es el comienzo del **movimiento** por los derechos de los homosexuales.

2015

La Suprema Corte establece que el matrimonio entre personas del mismo género es un derecho protegido por la Constitución. Los estados deben permitir que las personas del mismo género se casen.

segregación: acción de separar a las personas de distintos grupos étnicos en las escuelas y otros espacios públicos
protesta: acción en la que se expresa públicamente y de manera enérgica la inconformidad sobre algo
movimiento: grupo de personas que apoya una causa

"Había barricadas, gente gritando y policías por todas partes. [...] Cuando caminábamos entre la multitud, no pude ver ningún rostro. Supongo que fue porque yo no era muy alta y estaba rodeada por los agentes federales. La gente gritaba y arrojaba cosas. Pude ver la escuela, que parecía más grande y más bonita que mi escuela anterior. Al subir por los altos escalones que llevaban a la entrada principal, vi arriba policías uniformados. Los policías de la puerta y la multitud que estaba detrás de nosotros me hicieron pensar que este era un lugar importante."

—*A través de mis ojos*, por Ruby Bridges

El 14 de noviembre de 1960, Ruby Bridges fue la primera estudiante negra en asistir a una escuela primaria para blancos en el Sur. Tenía apenas seis años de edad. Sus padres insistieron para que le permitieran ir a esa escuela. La Escuela Primaria William Frantz quedaba mucho más cerca de la casa de Ruby que la escuela para personas de color, que estaba a millas de distancia. Además, sus padres creían que allí recibiría una mejor educación. Un juez ordenó a la escuela que aceptara a Ruby como estudiante.

Ruby fue escoltada por agentes federales de EE. UU. cuando salió de la escuela en noviembre de 1960.

DATO

En 1954, en el caso Brown contra la Junta de Educación de Topeka, la Suprema Corte dejó establecido que los niños blancos y negros ya no podían ir a escuelas separadas.

Cincuenta años después de que Ruby Bridges entrara en la Escuela Primaria William Frantz, la invitaron a conocer al presidente Barack Obama en la Casa Blanca. Juntos contemplaron un famoso cuadro colgado fuera de la Oficina Oval. Es una pintura de Ruby caminando hacia la escuela. La obra, de Norman Rockwell, se titula *El problema con el que vivimos.*

> **"Creo que es justo decir que si no fuera por ustedes, yo no estaría hoy aquí."**
> **—Presidente Obama a Ruby Bridges**

Ruby Bridges con el presidente Obama en la Casa Blanca, frente a la pintura de Rockwell donde ella aparece.

Un grupo de estudiantes sentados en sus pupitres en una escuela primaria para estudiantes negros en Kansas, en 1953.

Escuelas separadas

Antes de 1954, las escuelas públicas del Sur estaban separadas. Eso significaba que los niños negros y los niños blancos no podían ir a la misma escuela. Se suponía que las escuelas para negros eran tan buenas como las escuelas para blancos, pero no era así. La mayoría de las escuelas para negros no recibían la misma cantidad de dinero ni la misma cantidad de insumos para sus estudiantes.

La discriminación positiva y los derechos civiles

En 1973, Allan Bakke presentó una solicitud para estudiar en la facultad de medicina de la Universidad de California, en Davis. Bakke tenía buenas calificaciones y obtuvo un buen puntaje en el MCAT, el examen de ingreso a la facultad. Pero lo rechazaron dos veces. Bakke creía que lo rechazaban por su etnia, ya que es blanco. La facultad podía aceptar solo un determinado número de estudiantes por año. Según el programa de **discriminación positiv**a de la facultad, se reservaban varias vacantes para estudiantes de distintos **grupos minoritarios**. A Bakke no lo aceptaron, aunque sus calificaciones y puntajes en los exámenes eran más altos que los de algunos estudiantes que sí habían sido aceptados. Bakke creía que sus derechos civiles habían sido violados. Otras personas apoyaban el programa de discriminación positiva de la universidad. Decían que las políticas de la facultad eran necesarias para proteger los derechos de los estudiantes de grupos minoritarios.

Bakke demandó a la facultad. Finalmente, la Suprema Corte de EE. UU. tomó el caso. El 28 de junio de 1978, Bakke ganó el caso y fue aceptado en la facultad de medicina de la universidad. Obtuvo el título de médico. Desde entonces, la Suprema Corte ha establecido que la discriminación positiva está permitida. Sin embargo, debe ser flexible y formar parte de un proceso que considere con cuidado todas las diferencias entre los posibles estudiantes.

Allan Bakke en su primer día en la facultad de medicina después de ganar su caso en la Suprema Corte.

DATO

A algunas personas les molestó la decisión de la Suprema Corte. Más de 1,500 estudiantes protestaron. Marcharon con carteles desde la Casa Blanca hasta el edificio del Capitolio en Washington D. C.

discriminación positiva: iniciativa para mejorar las oportunidades educativas y laborales de los miembros de grupos minoritarios y las mujeres

grupo minoritario: grupo de personas con ciertas características físicas, étnicas o religiosas que viven dentro de un grupo de personas más grande con características físicas, étnicas o religiosas diferentes

Capítulo 3

Las protestas por los derechos civiles: Antes y ahora

Los habitantes de Estados Unidos todavía hacen protestas por sus derechos civiles. En 2012, se fundó un movimiento por los derechos civiles llamado Black Lives Matter (La vida de los negros importa). El movimiento busca generar conciencia sobre el racismo que sufren los afroamericanos. Miles de personas han marchado y se han manifestado para dar a conocer este mensaje. Mediante protestas pacíficas, este grupo se vincula con los que lo hicieron antes, como los que lucharon por la **igualdad** de los afroamericanos durante las décadas de 1950 y 1960.

Otros grupos también se han manifestado por la igualdad en este país. Por ejemplo, más de 1 millón de personas en Estados Unidos participaron en la Marcha de las Mujeres el 21 de enero de 2017. Esa protesta masiva se realizó para proteger los derechos reproductivos de las mujeres, terminar con la violencia en contra de las mujeres y proteger los derechos humanos. En total, participaron casi 5 millones de personas en todo el mundo.

La gente protestó frente a la Casa Blanca durante la Marcha de las Mujeres en Washington D. C.

DATO

En 2017, el movimiento Black Lives Matter ganó el Premio Sídney de la Paz otorgado por la Fundación para la Paz de Sídney en Australia. Este premio se da a un individuo o un grupo que promueva la paz en el mundo.

igualdad: tener los mismos derechos, ser igual a otros, sobre todo en cuanto a la posición social, los derechos y las oportunidades

Leyes de derechos civiles

Muchos grupos minoritarios han logrado victorias significativas a lo largo de los años. Se han aprobado varias leyes de derechos civiles. Pero la lucha continúa.

1964	El Congreso aprueba la Ley de Derechos Civiles, que prohíbe la discriminación basada en el grupo étnico, la religión, el género o el origen de una persona tanto en el trabajo como en la escuela, las tiendas, los restaurantes y los hoteles.
1965	La Ley de Derecho al Voto de 1965 prohíbe la discriminación basada en el grupo étnico por parte de los funcionarios electorales hacia los votantes.
1967	Se aprueba la Ley Contra la Discriminación por Edad en el Empleo. Los empleadores no pueden discriminar a las personas de 40 años de edad o más.
1968	La Ley de Equidad de Vivienda protege a las personas de la discriminación por razones de origen étnico, religión o género durante la venta, el alquiler y el financiamiento de las viviendas.
1975	Se aprueba la Ley de Educación de Personas con Discapacidades. Esta ley exige a las escuelas públicas que brinden educación a niños con discapacidades.
1978	Se aprueba la Ley de Discriminación por Embarazo, que prohíbe la discriminación por razones de embarazo y parto.
1990	El Congreso aprueba la Ley sobre Estadounidenses con Discapacidades (ADA, por sus siglas en inglés). La ADA protege a las personas de la discriminación basada en sus discapacidades.

En 1965, los manifestantes marcharon por los derechos civiles en Chicago.

Protestas pacíficas

El movimiento por los derechos civiles es recordado por hacer protestas no violentas. El líder del movimiento, Martin Luther King Jr., alentaba a los manifestantes a que no contraatacaran si alguien los agredía. Usaban métodos pacíficos para decir lo que pensaban. King no fue el primero en protestar de esta manera. Aprendió sobre la **desobediencia civil** estudiando a **filósofos** como Henry David Thoreau. También aprendió de Mohandas Gandhi, el líder del movimiento por la independencia de India durante las décadas de 1930 y 1940. Gandhi fue uno de los primeros en marchar y protestar pacíficamente en el siglo XX.

desobediencia civil: negarse a obedecer las órdenes del gobierno, en especial como método no violento para exigir determinadas acciones por parte del gobierno

filósofo/a: persona que estudia las ideas, la forma de pensar de la gente y la búsqueda del conocimiento

Capítulo 4

Tú también tienes derechos

Cuando eres menor de edad, otras personas pueden decidir sobre lo que puedes hacer y lo que no. Los padres y los maestros tienen reglas que debes seguir en tu hogar y en la escuela. Pero tus derechos están protegidos por la Constitución, al igual que los derechos de los adultos. Por ejemplo, no te pueden discriminar en la escuela por tu origen étnico ni por la religión que practicas.

También tienes otros derechos, como el derecho a la libertad de expresión. Ha habido muchos debates sobre lo que los niños y niñas pueden decir y escribir en la escuela.

Por ejemplo, no puedes escribir mensajes amenazantes sobre otros estudiantes en las redes sociales. Esta regla protege a los estudiantes del acoso escolar y las palabras nocivas a través de Internet. Pero no todas las palabras de los estudiantes pueden ser limitadas en la escuela.

En diciembre de 1965, los estudiantes Mary Beth Tinker y su hermano John fueron a la escuela con unos brazaletes negros para protestar contra la guerra de Vietnam. La escuela les pidió que se los quitaran. Ellos se negaron y fueron suspendidos.

Los Tinker demandaron al distrito escolar. La Suprema Corte determinó que las escuelas no podían limitar la libertad de expresión de un estudiante a menos que perjudicara el aprendizaje de los demás. Los Tinker ganaron el caso.

Mary Beth y John exhiben los brazaletes negros que llevaron para protestar contra la guerra de Vietnam.

Lo que puedes hacer

"Por primera vez en el año, siento que de verdad puedo terminar mi último año de la escuela preparatoria como cualquier otro varón de mi clase. [...] Estoy tan aliviado de poder simplemente ir a clase, postularme para la universidad y graduarme sin preocuparme por los problemas que podría tener por usar el baño."

—Ashton Whitaker

Ashton "Ash" Whitaker es un adolescente **transgénero** de Kenosha, Wisconsin. Cuando una persona es transgénero, le asignan un género al nacer, basado en la apariencia física. Sin embargo, la persona se identifica con otro género.

masculino **femenino** **transgénero**

Ash quería usar el baño de varones en su escuela preparatoria. Pero la escuela le dijo que tenía que usar el baño de mujeres. También podía usar un baño para varones y mujeres que había en la oficina.

Ash estaba molesto. Pensaba que no recibía el mismo trato que otros estudiantes de su escuela. Creía que estaban violando sus derechos civiles. Ash tenía 16 años cuando su familia demandó al distrito escolar. En 2016, ganaron el caso. Un tribunal federal del distrito determinó que a Ash se le debía permitir usar el baño de varones. Al año siguiente, un tribunal federal de apelaciones estuvo de acuerdo. Ash espera que su caso ayude a otros jóvenes transgénero que luchan por la igualdad.

transgénero: persona que se identifica con un género distinto del que le asignaron al nacer

Hacerse oír en la escuela

Imagina que estás en la escuela y ves que un estudiante musulmán está siendo acosado por su religión en los pasillos. O ves que las personas que usan silla de ruedas tienen dificultades para ingresar en el centro comunitario porque no hay puertas con acceso para discapacitados. Estos son ejemplos de discriminación.

Hay muchas maneras de generar conciencia en tu escuela o en tu comunidad sobre los problemas relacionados con los derechos civiles. Aquí te explicamos lo que puedes hacer si ves que están tratando injustamente a alguien.

Habla con uno de tus padres o maestros. Cuenta lo que viste y por qué crees que no está bien. Piensen en diferentes maneras de solucionarlo.

Escribe una carta al director de tu escuela. En la carta, cuenta exactamente lo que observaste.

Haz que otros estudiantes participen. Firma la carta y pide a la mayor cantidad posible de estudiantes que la firmen también.

Exige medidas. Entrega la carta al director y pídele que tome medidas.

Hacerse oír en la comunidad

Si ves que hay discriminación en tu comunidad, habla en la próxima reunión del concejo municipal. En estas reuniones, los líderes del gobierno de la ciudad se reúnen y toman decisiones para la comunidad. La mayoría de las reuniones del concejo municipal están abiertas al público, ¡incluidos los niños y las niñas! Por lo general, hay un momento de la reunión en que el público puede hablar.

Los ciudadanos hablaron en una audiencia pública en la Municipalidad de Austin, en Texas.

Averigua cuándo y dónde es la próxima reunión del concejo municipal. Pide a tus padres que te lleven. Escribe una explicación de la discriminación que viste y qué quieres que haga la ciudad para evitarla. Lee en voz alta y clara y prepárate para responder preguntas.

También puedes hablar con tus padres acerca de cómo organizar una protesta pacífica. Haz carteles que expresen tus ideas. Luego, pide a quienes opinen como tú que también hagan carteles. Prepárate para explicar tu punto de vista si alguien te pregunta.

Carta de protesta

No importa cómo elijas participar, tienes que estar orgulloso de alzar la voz por ti y por los demás. Nuestros derechos civiles son la base de nuestro país. Ahora es nuestro deber protegerlos.

Si observas tratos injustos en la escuela o en tu comunidad, escribe una carta de protesta, pues puede tener un gran impacto. Esto te ayudará a empezar.

[Escribe la fecha.],

[Escribe el nombre de la persona o el grupo al que te diriges.]___

[Escribe la dirección de la persona o el grupo.]___

[Ciudad, estado y código postal]___

Estimado/a ___,

Me llamo ____________. Asisto a la escuela __________ y tengo ____ años.

Le escribo para protestar en contra del trato hacia ________________.

Desde el ___[fecha] de ______, he notado que _____[Escribe una descripción de lo que viste. Asegúrate de incluir muchos detalles.]

No considero que este trato sea justo. Propongo que _____[nombre de la escuela o grupo comunitario]_____ considere estas medidas para eliminar esta discriminación:

[Solución 1]_____

[Solución 2]____

[Solución 3]___

Por favor, infórmeme cómo planea resolver esta situación.

Gracias.

Saludos cordiales,

[Escribe tu firma con tinta.]

[Escribe tu nombre a mano o a máquina.]

[Escribe tu dirección.]

Glosario

demandar: presentar ante un tribunal de justicia una denuncia o un caso contra alguien

desobediencia civil: negarse a obedecer las órdenes del gobierno, en especial como método no violento para exigir determinadas acciones por parte del gobierno

discriminación positiva: iniciativa para mejorar las oportunidades educativas y laborales de los miembros de grupos minoritarios y las mujeres

discriminar: tratar a una persona o un grupo de manera injusta, generalmente por su grupo étnico, religión, género, preferencia sexual o edad

filósofo/a: persona que estudia las ideas, la forma de pensar de la gente y la búsqueda del conocimiento

grupo minoritario: grupo de personas con ciertas características físicas, étnicas o religiosas que viven dentro de un grupo de personas más grande con características físicas, étnicas o religiosas diferentes

igualdad: tener los mismos derechos, ser igual a otros, sobre todo en cuanto a la posición social, los derechos y las oportunidades

movimiento: grupo de personas que apoya una causa

protesta: acción en la que se expresa públicamente y de manera enérgica la inconformidad sobre algo

segregación: acción de separar a las personas de distintos grupos étnicos en las escuelas y otros espacios públicos

transgénero: persona que se identifica con un género distinto del que le asignaron al nacer

violar: no respetar una regla o un derecho

Preguntas de razonamiento crítico

1. Ruby Bridges asistió a la Escuela Primaria William Frantz en 1960. ¿Por qué esto fue importante?
2. Los grupos minoritarios han protestado por sus derechos civiles. ¿Qué significa "grupo minoritario"?
3. Describe dos maneras en que puedes generar conciencia en tu comunidad sobre un problema relacionado con los derechos civiles. Consulta el texto para responder.

Índice